AF289739

Zum Gedenken an all das gewaltsam
vernichtete Leben und der verlorenen Seelen
in unserem Universum.

Der dunkle Planet der Götter

AUTOR:
SÜLEYMAN ÇİLOĞLU

SCIENCE FICTION ROMAN

Bibliografische Information der Deutschen Nationalbibliothek:
Die Deutsche Nationalbibliothek verzeichnet diese Publikation in der Deutschen Nationalbibliografie; detaillierte bibliografische Daten sind im Internet über http://dnb.dnb.de abrufbar.

© 2023 Auflage 02, Süleyman Çiloğlu
Herstellung und Verlag: BoD – Books on Demand, Norderstedt.

ISBN: 9783753494784

Coverbild-Ausschnitt,
Quelle: Gratis-Download

Inhaltsverzeichnis

ZITATE:

1* Schicksal, Zufall, Realität, Vergangenheit und Zukunft sind Begriffe die wir Menschen gerne benutzen, uns jedoch nie bewusst waren das es so etwas auf der Erde für die Menschheit niemals existiert hat.*

2* Ein einfacher Gedankenfunke kann die schöpferischste aber auch die zerstörerischste Kraft im Universum sein. Er kann Planeten, Sonnensysteme, sogar das ganze Universum selbst vernichten.*

3* Der Tod ist sehr oft das bessere Leben.*

4* Das einzig uns bekannte was Zeitreisen durchführen kann sind die Gedanken, sie können ständig in die Vergangenheit und in die Zukunft, die wir uns vorstellen können, hin und her wandern.*

5* Aus Wissen entsteht Phantasie und aus Phantasie Wissen. Beide gehen Hand in Hand, sind unzertrennlich und unerschöpflich.*

6* Wer die Gegenwart zerstört, zerstört auch
die Vergangenheit und die Zukunft.*

7* Die einzig wahre Konstante im Universum
ist die Hoffnung.*

8* Jeder Mensch, der anderen Menschen
wissentlich Leid zufügt,
und sich auf Kosten anderer Menschen
bereichert, verschenkt im gleichen Maße
seine Seele dem Teufel, damit das
Gleichgewicht wieder hergestellt ist.
Jedoch nur solange bis von ihm nur noch eine
leere Hülle vorhanden ist, die schließlich in
sich zusammenfällt.*

9* Seitdem der Mensch vor über 3 Millionen
Jahren seinen Verstand erhalten hat,
und begonnen hat seine Mitmenschen zu
ermorden und ihnen Leid zuzufügen,
um sich zu bereichern, genauso oft,
mit jedem Mord und Verbrechen, wurde auch
die Geschichte der Menschheit und der Erde
verändert, und genauso viele Zeitstränge
existieren bereits parallel zu unserem
heutigen, und es kommen täglich Millionen
neue Zeitlinien hinzu.*

10* Ein Mensch ist erst dann Weise, wenn er andere Menschen dazu bringt auch Weise zu sein.*

11* Was bedeutet Menschlichkeit und Güte? Sich so zu verhalten wie ein Mensch, oder sich nicht so zu verhalten wie ein Mensch ?*

12* Die Anti-Spezies Mensch ist der schlimmste aller Parasiten. Er zerstört nicht nur seinen Wirt, die Erde, sondern auch alle seine Artgenossen und Mitbewohner.*

13* Wer exakt Richtlinien und Befehle befolgt, zu demjenigen kann durchaus irgendwann der Teufel aus der Hölle erscheinen.
Wer Richtlinien und Befehle nicht immer befolgt holt selbst womöglich irgendwann den Teufel aus der Hölle.*

14* Schlechte Therapeuten sehen nur das äußere Leid. Gute, hingegen, blicken auch tief in das Seelenpein und den Charakter eines Menschen und lassen sich von anderen nicht beeinflussen.*

15* Neben unseren Genen und unserem Charakter sind es die Augen, die zum großen Teil bestimmen ob aus uns ein guter oder ein böser Mensch wird.*

16* Träume vermitteln uns das reale Leben unseres anderen Ichs auf Parallel-Welten und Dimensionen in unterschiedlichen Parallel-Universen.*

17* Wenn ein geliebter Mensch stirbt, tut sich innerlich eine Leere unermesslichen Ausmaßes auf, und ein unendlich tiefer Abgrund öffnet sich, der sich niemals verschließt, und einem manchmal verschlingt.*

18* Das Glück ist sehr unglücklich, jedoch das Unglück hingegen, ist sehr sehr glücklich verteilt auf dieser Welt.*

19* hinter der Zeit her zu rennen, mit der Zeit zu gehen und der Zeit vorauseilen, ist alles dasselbe.*

20* Der grausamste aller Tode im Universum
ist das hinterher jagen einer Hoffnung die sich
niemals erfüllen wird.*

21* Die Wahrheit und die Gerechtigkeit gab es
schon ewig, und wird es auch ewig geben.
Die Un-Wahrheit und die Un-Gerechtigkeit,
allerdings, ist allein die Erfindung der Spezies
Mensch und wird es solange geben, solange
die Un-Spezies Mensch existiert.*

22* Alle Sterne im Universum kommunizieren
wie Lebewesen miteinander, durch
Gravitations- und elektromagnetische Wellen.
Wer die Sprache der Sterne entschlüsselt,
der entschlüsselt auch die Sprache und das
Geheimnis des Kosmos und des Lebens.*

23* Der Sinn des Lebens bedeutet, zehn Mal
für andere zu leben, anstatt einmal für sich
selbst.*

24* Trostlosigkeit und Hoffnungslosigkeit, gibt
es nur in der Welt der Menschen, sonst
kommt es nirgends in der Natur vor, auch
nirgends im Universum.*

25* Die Ausdehnung unseres Universums verhält sich zum Ausmaß des größten Sternes im Kosmos, genauso, wie die Größe dieses Sterns zu einem Atom.*

26* Die Sterne senden, aus Ihren Herzen heraus, unentwegt Weisheit, Demut, Zufriedenheit, Geduld, Güte und Gerechtigkeit ins All hinein, und auch zu uns, aber wir Menschen erkennen dies nicht und können es nicht verinnerlichen.*

27* Die Ideale, die wir in unseren Phantasien erschaffen, sind in unserer Realität unerreichbar.*

28* Die Welt, wie wir sie kennen, ist bereits die wahrhaftige Hölle. Wir alle werden in sie hineingeboren. Und das was wir aus unserem Leben machen, zeigt, ob wir weiterhin in der Hölle bleiben oder uns in Richtung Paradies bewegen.*

29* Gott hat das Schicksal erschaffen, und die Menschen erschufen die Hoffnung.*

30* Ein Vogel weiß nichts über Atome,
der Lichtgeschwindigkeit und das Universum.
Genauso gibt es bei uns Menschen eine
Barriere über die wir nicht hinausdenken
können, auch wenn wir all unser Wissen,
Forschung und Phantasie einsetzen,
werden wir es dennoch nicht begreifen.*

31* Das Leben besteht nicht nur aus Atmen,
Trinken, Essen und Denken. Es besteht auch
daraus, sich ständig für andere zu opfern.*

32* Das heiligste, was es im Universum gibt,
ist die Zeit. Ohne sie gäbe es kein Leben und
keine Gebete. Aber sie ist gleichermaßen das
verfluchteste, denn sie bringt auch den Tod
und die Verzweiflung.*

33* In jedem Menschen steckt schon bei der
Geburt ein Dämon. Nur wenige haben ihn
einigermaßen im Griff, die meisten nicht.*

34* So wie ein Schmetterlings-Flügelschlag in
Australien, das Wetter in Amerika beeinflusst,
so beeinflussen auch unsere Gedanken auf
der Erde die Ereignisse im Universum, die wir
nicht kontrollieren können.
Wie unsichtbare Kugelwolken durchfluten sie
ständig, mit Überlicht-Geschwindigkeit, den
gesamten Kosmos.*

35* Die Erde, und die Lebewesen auf ihr sind
ein Experiment von mächtigen, unsterblichen
Wesen, die uns aus weiter Ferne beobachten.
Sie testen ob sie mit uns, bei Erfolg, den
gesamten Kosmos bevölkern können.
100 Jahre bei uns, sind für diese Wesen wie
eine Sekunde.
Unser Leben ist für sie wie ein aufleuchtendes
Licht, bei der Geburt, das gleich wieder
erlischt, beim Tod. Wenn wir weiterhin uns
gegenseitig weh tun, uns bekriegen und
unseren Planeten zerstören, wird das
Experiment eines Tages für gescheitert
erklärt, und alles vernichtet. *

36* Ehre entspringt unserer Seele, Verstand
aus dem reinen Geist *

37* Die Dreidimensionale Vergangenheit
schiebt die Zweidimensionale Gegenwart
ständig vor sich her und baut sich immer
weiter auf. Eine Zukunft gibt es nicht,
und hat es nie gegeben. *

38* Hinter der Zeit verbirgt sich eine dunkle
Kraft, die noch nicht ergründet ist.
Sie beeinflusst, die Materie, das Leben, das
ganze Universum, gar die gesamte Existenz.*

39* Außerirdische NANO-Parasiten, die sich
als Luftmoleküle tarnen, haben bereits seit
Millionen von Jahren Fauna und Flora, sowie
die gesamte Menschheit, in ihrer Gewalt. *

40* Gerechtigkeit ist nur so viel wert, wie die
Person die es ausspricht. *

41* Das Herz, die Seele und die Gedanken
senden unentwegt Signale ins All.
Sind alle 3 Signale guten Glaubens, werden
sie erhört, sind sie jedoch bösen Glaubens,
gehen sie in der Unendlichkeit verloren. *

42* Universen existieren stets als Zwillinge.
Neben unserem Universum befindet sich ein
Zwillings-Universum, das Zwillingsversum.
Zwischen ihnen findet ein reger
Materieaustausch statt.
Die Verbindungselemente sind die, in sich
geschlossenen, Kosmischen Bänder,
die sogenannten Kosmischen Ringe.
Diese sind weitaus mächtigere Objekte als die
"Schwarzen Löcher".
Es sind gigantische Kosmische Trichter,
die die Materie ringförmig "ansaugen" und
durch ein Strudelsystem ins Zwllings-All
befördern und umgekehrt.
Die dunkle Mitte ist kein Loch, sondern fast
unendlich hoch verdichtete Gase und Nebel,
welches jegliches Licht verschluckt.
Ohne diesen Materie- und Energieaustausch
zwischen unserem Schwester-Universum
könnte keine der beiden existieren. *

43* So etwas wie eine "Dunkle Materie" gibt
es nicht, jedoch existiert die "Invert Materie",
auch "Invert Element" genannt,
nicht zu verwechseln mit der Antimaterie.
Diese beeinflusst jegliche Bewegung,
Gravitation, Antigravitation sowie alles Leben
und Materie im gesamten Universum.
Die "Invert Moleküle", bestehend aus, zeitlich
versetzten, rekuperativen Serva-Quanten,
durchfluten das ganze Weltall und sind in uns
und um uns herum allgegenwärtig.
Die Serva-Quanten beschützen und halten
alles Materie, Leben und das ganze
Universum im Gleichgewicht.
Doch mit der heutigen Technologie sind sie
nicht erfassbar. *

44* Wir alle wissen, dass unser Universum
durch einen gigantischen Urknall entstanden
ist.
Was wir jedoch lange Zeit nicht wussten ist,
das es 2 Detonationen gab.
Der erste Knall brachte alles Materie auf den
Weg.
Kurz danach begann die zweite, weitaus
gewaltigere Explosion. Sie war das Vielfache
der ersten und der eigentliche Urknall,
der "Motor der Existenz".

Diese schob die erste Druckwelle vor sich her.
Doch, durch die enorme Wucht, wurde ein Teil
an der ersten Druckwelle wieder zurück
reflektiert, ins Zentrum, und sog dabei etwas
Materie mit sich.
Hätte es die zweite Explosion nicht gegeben,
hätte sich unser Universum nicht auf die
heutige unvorstellbare große Dimension
ausdehnen können, und alles Materie,
aus denen unzählige Galaxien entstanden,
wäre auch nicht so weit verstreut wie heute.
Der zweite Knall bewirkte das sich der
Kosmos weiterhin ausdehnt.
Durch die zurückreflektierte Materie
entstanden im großen Umfeld, um das
Zentrum des Weltalls herum, ebenfalls Sterne,
Galaxien, Planeten und Leben bildete sich.
Das alles lässt vermuten, das sich hinter den
zwei Ur-Explosionen eine Intelligenz verbirgt.*

VORGESCHICHTE:

Das oberste Gebot der Existenz ist das
Gleichgewicht. Dies gilt nicht nur für kleinste
Lebewesen, aller Materie, sondern auch für
Götter.

4 Götter teilten sich die Aufgabe das größte
aller Vorhaben durchzuführen, ein Universum
aufzubauen.

Sie mussten sich die Aufgabe teilen, denn
einer allein hatte nicht die Macht ein ganzes
Weltall zu kreieren.

So erschuf jeder von ihnen ein Segment,
mit all den Sternen, Planeten, Galaxien
und fügten sie dann zu einem Ganzen.

Jeder von ihnen füllte seinen Bereich mit
verschiedenen Lebewesen und Pflanzen.

Das Leben sollte sich selbst entwickeln.
Die 4 Götter hatten geschworen, über alles
Leben zu wachen und sie zu beschützen.

Gelegentlich traten sie in den Gestalten der
jeweiligen Spezies auf, besuchten ihre
Planeten und erkundeten ihr Reich.

Doch bald darauf manifestierten sich in jedem
Sektor die 4 Wesen der dunklen Finsternis,
die Vhhul`nhhet, um das Gleichgewicht zu
gewährleisten.

Sie vernichteten alle bewohnten Planeten,
weil sich das Leben zu schnell ausbreitete.

Schmerzlich mussten die Götter all die
Zerstörung mit ansehen und waren nicht in
der Lage dies aufzuhalten.

Ihnen blieb nur die Wahl mit den Vhhul`nhhet
ein Handel einzugehen.

Alle Lebewesen sollten nicht mehr unsterblich,
sondern sterblich geboren werden, eine kurze
Lebensspanne haben jedoch friedlich leben
dürfen.

Aber im Gegenzug sollten die Vhhul`nhhet
das Leben im All nicht antasten.

Die Vhhul`nhhet leisteten den Schwur und
ließen sich darauf ein, doch sie hatten auch
einen Hintergedanken.

Bald darauf schmiedeten die Vhhul`nhhet
einen sehr infamen Plan.

Durch eine List lockten sie alle Götter zum
Zentrum des Universums, auf den größten
aller Planeten, Planet Mhhur`rhjhe.

Bevor die 4 Götter ahnten was vor sich geht,
legten die Vhhul`nhhet einen
unüberwindbaren Schleier um den Planeten,
der die Götter dort, für alle Zeiten, verbannte
und einschloss.

Doch einer der Götter sandte mit letzter Kraft,
bevor sich der Schleier ganz schloss,
ein Prophezeiungsruf in die unendlichen
Weiten des Alls.

Der welcher diesen Ruf empfängt möge die
Fähigkeit besitzen eines Tages durch ein
einziges Gebet den Verbannungsschleier der
Götter zu durchbrechen und sie zu befreien.

Die Vhhul`nhhet sahen den Ruf in Form eines
Kometenschweifs, der sich so schnell
bewegte und in den Weiten verschwand,
so dass sie nicht mitbekamen in welchen
Sektor und auf welchen Planeten es
schwebte.

Sie wussten auch nicht in welcher Zeit der Ruf
eintreffen sollte.

Sofort sandten sie ihre Aber-Milliarden
Schergen, die Chhab´bhhif, aus, um die eine
Person in einer bestimmten Zeit, auf einer
bestimmten Welt, zu finden.

Denn falls sich die Prophezeiung erfüllen
sollte, wären die Götter befreit und sie selbst
für alle Zeiten verbannt.

Aber eines wussten sie genau.
Der welcher den Ruf empfängt wäre in einer
bläulichen Aura eingehüllt, einer der heiligen
Farben der Götter.

Nur so könnten sie diese Person ausfindig
machen und verhindern das das Gebet
ausgesprochen wird.

Schwere, dunkle Zeiten ereilten alle
Bewohner sämtlicher Planeten im Universum.
Die meisten von ihnen wurden habgierig,
rücksichtslos und grausam.

Kriege und schreckliche Verbrechen
verbreiteten sich, Hoffnungslosigkeit,
Verzweiflung und unsägliches Leid trübte den
Alltag.

Die Lebewesen beteten ihre Seelen aus dem
Leibe, für Hoffnung und Frieden, aber diese
wurden nicht erhört und erreichten die Götter
nicht mehr.

All die Gebete prallten an dem Verbannungs-
Schleier um den Planeten Mhhur`rhjhe ab.
Die Götter konnten ihre Schöpfung nicht mehr
beschützen.

HAUPTGESCHICHTE:

Dies ist die Geschichte des kleinen 7 jährigen
Mädchens Mhher`yhhem vom Planeten
Mhheve`byahh in einer weit entfernten
Galaxie, fast an den Randbereichen des
Universums.

Mhher`yhhem kannte ihren Vater nicht,
er starb schon vor ihrer Geburt.
Ihre Mutter Mhhar`yhhem hat es ihr so erzählt.
Sie arbeitete als Schneiderin um Geld zu
verdienen.

Sie konnten sich keine Wohnung in den
inneren sicheren Bereichen der Stadt leisten.
Und so wohnten sie in der Außengegend,
wo die Mieten geringer waren, jedoch das
Verbrechen umso höher.

Eines Tages drangen Plünderer und Diebe in
ihr Haus ein. Mhher`yhhems Mutter versteckte
sie in einem Hohlraum. Danach betete sie zu
ihrem Gott um Hilfe, aber ihr Gebet wurde
nicht erhört.

Mhher`yhhem sah aus einer kleinen Öffnung
wie ihre Mutter getötet wurde.

Mhher`yhhem wurde danach von ihrer Tante,
Mhhir`yhhim, der Schwester ihrer Mutter,
und ihrem Onkel Thhan`yhhim, die auf dem
Lande wohnten, aufgenommen.

Sie sind sehr liebevolle Menschen und
kümmerten sich um Mhher`yhhem wie ihre
eigene Tochter, denn ihre Tante war,
aufgrund einer Krankheit nicht in der Lage
eigene Kinder zu bekommen.

Das Haustier Phhan und Mhher`yhhem
schlossen gleich Freundschaft und
verstanden sich gut.

Planet Mhheve`byahh war einer der
Pflanzenreichsten und Farbenfrohsten
im Weltall.

Auch die Insekten und Tierarten waren sehr
Facettenreich.

Gefährliche Tiere, die für die Einheimischen
bedrohlich sein könnten, gab es nicht.

Mhher`yhhem war ein fröhliches, fleißiges
und kluges Kind, und immer wissbegierig.

Sie half immer im Haushalt, versorgte die
Nutztiere auf der Weide und in ihrer freien Zeit
rannte sie viel in der Natur, führte
Sportübungen durch und machte
Fechtübungen mit Stöcken gegen Bäume.

Eines Tages kam der beste Freund ihres
Onkels zu Besuch, sein Name war
Mhhuk`khhatyl.

Er war wie ein Familienmitglied.
Mhher`yhhems Onkel und Tante kannten ihn
schon seit Jahren und mochten ihn sehr.

Immer brachte er kleine Geschenke mit
und besuchte die Familie regelmäßig,
fragte immer wie es ihnen geht und ob sie
etwas bräuchten.

Mhhuk`khhatyl war ein Meister der
Kampfkünste.
Als er gerade eintraf, sah er Mhher`yhhem
auf dem Felde, Turnübungen durchführen und
sagte:" ich sehe, ihr habt Besuch, sie ist sehr
begabt".

Tante Mhhir`yhhim:" sie ist meine Nichte
Mhher`yhhem.
Ihre Mutter, meine liebe Schwester ist vor
einigen Wochen von Räubern erschlagen
worden.

Ihr Vater hat die Familie schon vor
Mhher`yhhems Geburt verlassen.
Wir haben dann eine Nachricht von seinem
Tod erhalten".

Mhhuk`khhatyl: " das tut mir sehr leid,
es ist sehr schrecklich, mein herzliches
Beileid.

Ich habe vorhin ihr kämpferisches Talent
gesehen. Falls ihr und Mhher`yhhem
einverstanden seid, würde ich sie gerne in
einigen Kampfkünsten unterrichten".

Onkel Thhan`yhhim, sehr begeistert:" das
würdest du tatsächlich tun, aber hält dich das
nicht von deiner Arbeit ab".

Mhhuk`khhatyl: "ganz und gar nicht, ich habe
viel Freizeit".

Tante Mhhir`yhhim: " Mhher`yhhem, kommst
du mal, wir haben einen Gast, der dich gerne
kennenlernen möchte.

Mhher`yhhem, das ist Mhhuk`khhatyl,
er ist ein guter Freund und wie ein
Familienmitglied. Er möchte dich gerne etwas
fragen".

Mhher`yhhem: "Guten Tag".

Mhhuk`khhatyl: "Guten Tag, kleines Fräulein.
Ich habe deine Turn- und Fechtübungen
gesehen, ich kenne einige
Verteidigungsübungen, die ich dir gerne
beibringen würde, wenn du das möchtest".

Mhher`yhhem: "ja, sehr gerne, das würde mir
sehr gefallen".

Mhhuk`khhatyl: "Gut, dann fangen wir morgen
gleich an".

Mhher`yhhem fühlte sich dort sehr wohl und
war sehr glücklich, doch ihr gingen einige
Gedanken durch den Kopf, die sie immer
wieder beschäftigten.

Sie fragte am gleichen Abend ihre Tante:
"Tante Mhhir`yhhim, bitte erzähl mir etwas von
meinem Vater, was weißt du über ihn.

Meine Mutter sagte mir immer, er wäre
gestorben, aber wie sagte sie mir nicht,
sie wich immer aus, und es gibt auch keine
Fotos über ihn, ich weiß nicht wie er aussieht".

Mhhir`yhhim:" weißt du mein Kind,
deine Eltern liebten sich sehr, wie deine
Mutter mir immer erzählte.

Aber dann kam plötzlich ein Tag, an dem dein
Vater Thhorr`yhhem euch verlassen hat,
ohne ein Grund zu nennen.

Das war kurz vor deiner Geburt, vor etwas
mehr als 7 Jahren.

Dies hat deine Mutter nie verkraftet.
Obwohl sie ihn stets liebte war sie dennoch
immer verbittert über ihn.

Vielleicht hat sie deshalb alle Bilder von ihm
weggeworfen.

Doch dann kam die Nachricht das er bei
einem Unfall ums Leben gekommen ist,
aber seine Leiche fand man nicht.

Seitdem war deine Mutter in Trauer und
Schmerz eingehüllt.

Wir konnten unser Zuhause nie verlassen
wegen unserer Tiere, die immer Pflege
benötigen, und deine Eltern hatten auch nie
Zeit uns zu besuchen.

Deine Mutter erzählte, dein Vater musste
immer viel arbeiten.

Mehr kann ich dir leider nicht sagen
Mhher`yhhem, ich weiß wenig über deinen
Vater, wir haben ihn selbst noch nie getroffen
und kennengelernt, weil die Entfernung sehr
groß war.

Aber jetzt ist Schlafenszeit, ab ins Bett,
mein süßes Täubchen".

Mhhuk`khhatyl hörte unfreiwillig das Gespräch
mit, während eines nächtlichen Spaziergangs,
und er erinnerte sich an den Namen
Thhorr`yhhem .

Vor 7 Jahren fand die größte Schlacht der
Resistance gegen die teuflischen
Chhab´bhhif, auf dem Planeten,
Chhahh`hhiim statt.

Trotz hoffnungsloser Übermacht der Gegner,
haben die Befreier gesiegt.

Thhorr`yhhem war einer der besten und
unermüdlichsten Kämpfer, bis er von einer
Vielzahl von Chhab´bhhif verschleppt wurde.

Sein Kamerad schrie hinter ihm ständig
seinen Namen und wurde danach getötet.

Das alles hatte Mhhuk`khhatyl gesehen und
miterlebt, denn er selbst hat auch in dieser
Schlacht gekämpft.

Durch diesen Zufall erfuhr nun Mhhuk`khhatyl
das Thhorr`yhhem, von der Gottarm-Gilde,
Mhher`yhhems Vater war.

Er verstand jetzt auch warum Thhorr`yhhem
seine Familie verlassen musste.

Einerseits wären sie dann sicherer vor den
Augen der Chhab´bhhif und andererseits hatte
er die Pflicht an der Schlacht um
Chhahh`hhiim teilzunehmen.

Jetzt hatte Mhhuk`khhatyl genügend Hinweise
und Zeichen das Mhher`yhhem irgendwann
den Prophezeiungsruf empfangen würde,
aber er wusste nicht wann.

Von nun an war er ständig an der Seite der
Familie und an der Seite von Mhher`yhhem,
die er nun jeden Tag unterrichtete.

Mhher`yhhems Onkel und Tante wussten
nicht, das Mhhuk`khhatyl einer Gilde,
zur Befreiung des Universums von den
Chhab´bhhif, angehörte.

Sie wussten auch nicht das andere Welten,
wie der ihre, existierten und das man zu
diesen reisen konnte.

12 Jahre später.

Mhher`yhhem war zu einer jungen, hübschen
und starken Frau herangewachsen.

Ihre Fähigkeiten zu kämpfen, mit den Waffen
und Pfeil und Bogen umzugehen, und sich zu
verteidigen, übertraf bereits fast die ihres
Meisters.

Eines Tages, als Mhher`yhhem mit ihrem
Mentor Mhhuk`khhatyl auf dem Felde übte,
traf sie eine Art starker Windstoß und
Stromschlag, der sie kurz umhüllte und sich
dann auflöste.

Mhher`yhhem hielt ihre Ohren zu,
denn der Schall, dabei, war fast unerträglich.
Sie bekam kaum Luft und ihr wurde
schwindelig.
Sie musste sich hinsetzen.

Sofort erkannte ihr Meister was vor sich ging.
Er reagierte schnell und umhüllte
Mhher`yhhem mit seinem Umhang.

Bevor Mhher`yhhem fragen konnte was los
ist, sagte ihr Meister das sie dort schnell weg
müssten, an einen sicheren Ort.

Und er sagte, die Chhab´bhhif hätten Augen
und Ohren überall.

Dann betätigte er ein Gerät an seinem
Handgelenk und beide fanden sich plötzlich in
einer großen Höhle wieder.

"was zum Teu..." fing Mhher`yhhem an,
sie fühlte eine innere Kälte und Schwäche.

Mhhuk`khhatyl beruhigte sie sofort, "das geht
gleich vorbei".

Sie sah ihren Meister an, etwas verwirrt,
und auch etwas wütend und sagte fragend
"Meister, was ist passiert, wie kommen wir
hierher, wer sind die Chhab´bhhif,
und warum trage ich deinen Umhang ?".

Mhhuk`khhatyl: "ich weiß, hol erst mal einige
Male tief Luft, ich erzähle dir gleich alles".

Er fing dann an zu erzählen: "mein Kind,
du bist von einem Prophezeiungsruf von
VierGott getroffen worden.

Der Legende nach gab es, vor vielen
Milliarden Jahren, am Anfang aller
Existenzen, 4 Götter, die sich EinGott,
ZweiGott, DreiGott und VierGott nannten.

Jeder von ihnen erschuf ein Viertel des
Universums und fügten sie dann zusammen.

Doch das oberste Gesetz der Existenz
forderte ein Gleichgewicht zu den Göttern.
Die Vhhul`nhhet erschienen.

4 bösartige Schatten-Dämonen die immer
wieder versuchten alles zu zerstören.

Die 4 Götter gingen dann mit den Vhhul`nhhet
einen Handel ein.

Alles Leben sollte kurz und sterblich sein,
doch im Gegenzug sollten die Vhhul`nhhet
das Leben verschonen und in Ruhe lassen.

Die Vhhul`nhhet waren einverstanden und
hatten dies geschworen, aber sie hintergingen
die Götter und betrogen sie.

Durch eine List wurden alle Götter auf den
größten aller Planeten im All gelockt, der im
Zentrum liegt, dort verbannt und
eingeschlossen.

Man erzählt sich, kein Sterblicher könnte in
der Nähe verweilen, er würde gleich in Luft
aufgelöst.

Doch einer der Götter, VierGott, konnte in
aller letzter Sekunde, einen Prophezeiungsruf
hinaus schleudern, bevor der Planet von
einem Verbannungsschleier umhüllt wurde.

Das war vor vielen Millionen Jahren.
Ich bin von der Gottarm-Gilde, man nennt uns
die heiligen Chholos`smhhin.

Seit unzähligen Generationen, seitdem die
Götter verbannt wurden, kämpft unsere Gilde
auf allen Planeten im All gegen
Unterdrückung, Versklavung, gegen jedes
unaussprechliche Verbrechen.

Wir sind ein Verbund von Aber-Millionen
verschiedenartigen Spezies".

Mhher`yhhem:" sind wir denn nicht allein,
gibt es andere Welten wie die unsere,
wie kannst du zwischen diesen Welten
reisen ?".

Mhhuk`khhatyl: "bitte Mhher`yhhem,
hab etwas Geduld, lass mich bitte
weitererzählen, du wirst mit der Zeit vieles
verstehen.

Viele meiner Brüder und Hunderttausende
von Völkern und Rassen und deren Planeten
sind bereits ausgelöscht, durch den Einfluß
der Chhab´bhhif, den Schlächtern der
Vhhul`nhhet.

Die Vhhul`nhhet selbst konnten dem Leben im
Weltall nicht schaden weil sie gegenüber der
Existenz einen Schwur leisteten.

Doch ihre Häscher die Chhab´bhhif richteten
auf allen Planeten Chaos und Verwüstung an
und beeinflussten die Bewohner zum
Schlechten.

Die Chholos`smhhin erkundeten im
Universum alle Planeten, achteten auf
ungewöhnliche Zeichen und bestimmte
Hinweise.

Sie suchten nach der einen Person, die
würdig ist, den Prophezeiungsruf zu erhalten.

Meine jahrelange Suche und Auswertung aller
Hinweise brachte mich zu deinem Onkel,
mit dem ich Freundschaft schloss.

Zuerst vermutete ich, dein Onkel oder seine
Frau könnten den Ruf erhalten.

Die Zeichen und Hinweise waren stark aber
noch nicht eindeutig.

Dann bist du gekommen, da war ich mir ganz
sicher, dass du den Prophezeiungsruf
erhalten würdest, aber ich wusste nicht wann
und in welchem Alter, bis heute.

In meinem Umhang ist ein bestimmtes
Element eingewebt welches die göttlichen
Zeichen verbirgt.

Das war der Grund warum ich dich eingehüllt
und mit dem Thhap`phhort, wir nennen es
auch Phhort, hierher gebracht habe.

Das ist ein uraltes Artefakt, das nur bei den
Chholos`smhhin funktioniert.

Wir haben dadurch viele Seelen gerettet.

Jeder Chholos`smhhin trägt einen am Arm,
es hat viele verschiedene Funktionen.

Es gibt viele solcher Höhlen, wie diese,
auf allen Planeten, abgeschirmt mit
demselben Material meines Umhanges".

Mhher`yhhem wurde die Aufregung zu groß,
und es war zu viel, alles auf einmal.

Sie war sehr müde schloss ihre Augen
und schlief ein, ihr Meister deckte sie zu.

Er sagte: "schlaf mein Kind, du wirst all deine
Kräfte noch brauchen".

Am anderen Morgen,
Mhhuk`khhatyl: Guten Morgen, Mhher`yhhem,
wie geht es dir ?".

Mhher`yhhem: "das von gestern wäre ein
böser Traum, hatte ich gehofft, aber wir sind
immer noch in der Höhle".

Doch plötzlich bemerkte Mhher`yhhem,
dass sie in einem bläulichen Schimmer
strahlte.

Mhher`yhhem: " was ist das, was passiert mit
mir ?".

Mhhuk`khhatyl: "du strahlst in der göttlichen
Farbe von VierGott.

Du hast den heiligen Prophezeiungsruf
empfangen.

Der Legende nach, kannst du mit einem
Gebet alle Götter befreien und die
Vhhul`nhhet für immer verbannen.

Doch wir müssen dafür zum Tempel
Phhet`thh auf dem Planeten Thhef`mhhai,
um dein Gebet zu verstärken und den
Verbannungsschleier der Götter zu
durchbrechen".

Mhher`yhhem:" ich möchte zu meiner Tante
und meinem Onkel zurück, ich habe innerlich
ein sehr schlechtes Gefühl das sie ebenfalls in
Gefahr sind".

Mhhuk`khhatyl: " doch vorher müssen wir dich
einhüllen und vor den Augen der Chhab´bhhif
verbergen.

Zieh bitte diese Kleidung an, die ich dir schon
vor einiger Zeit geschneidert habe, du musst
auch dein Kopf verdecken und diese Brille
tragen".

Dann, als Mhher`yhhem soweit war,
fragte sie: " müssen wir unbedingt diesen
Thhap-Dings benutzen, letztes mal wurde mir
sehr übel".

Mhhuk`khhatyl:" ohne den Thhap`phhort
müssten wir, lass mich mal überlegen,
ungefähr 4 Monate zu Fuß laufen,
also bist du bereit".

Mhher`yhhem:" ja, gehen wir, schnell"

Mhhuk`khhatyl betätigte den Teleporter,
und sie waren wieder in der Nähe des
Anwesens von Mhher`yhhems Tante und
Onkel.

Doch was sie da sahen erschreckte und
erschütterte sie.

Das ganze Haus wurde zerstört, alle Nutztiere
getötet, auch Phhan, das Haustier.

Die ganze Landschaft, sämtliche Pflanzen,
Kilometerweit, waren verbrannt.

Dann sah Mhher`yhhem die Überreste von
ihrer Tante und ihrem Onkel.

Ihr Herz und ihre Seele schmerzten sehr,
sie machte sich starke Vorwürfe,
und sagte:" ich bin schuld, ich hätte nicht
einschlafen dürfen, ich hätte gleich
herkommen müssen".

Mhhuk`khhatyl:" nein Mhher`yhhem,
die Schuld betrifft allein mich, ich hab nicht
schnell genug reagiert.

Ich hätte wissen müssen das die Chhab´bhhif
auf allen bewohnten Planeten entsprechende
Sensoren eingerichtet haben.
Niemand hätte dagegen etwas tun können.

Auch wenn wir gleich hergekommen wären,
hätten wir nichts machen können, wir wären
auch längst tot.

Es ist schrecklich, deine Tante und dein Onkel
sind gefoltert worden, aber sie konnten nichts
sagen, weil sie von all dem nichts wussten.

Die Chhab´bhhif sind schnell, sie sind gleich
mit einer Übermacht hergekommen, dagegen
hätte auch ich nichts ausrichten können".

Sie begruben Mhher`yhhems Tante und
Onkel, Phhan und auch alle Nutztiere.

Mhhuk`khhatyl:" Mhher`yhhem, wir müssen
hier weg und in Sektor 3 den Planeten
Thhef`mhhai erreichen, damit du dort dein
Gebet aussprechen kannst".

Mhher`yhhem:" nein, ich möchte noch nicht weg, ich möchte noch eine Weile hierbleiben".

Mhhuk`khhatyl:"möchtest du nicht für deine Tante und deinen Onkel beten".

Mhher`yhhem:"wozu, meine Mutter hat früher auch gebetet, jetzt ist sie tot, all die Gebete sind sinnlos, sie werden sowieso nicht erhört".

Nach einer Weile der Andacht machten sich Mhhuk`khhatyl und Mhher`yhhem auf den Weg.

Mhhuk`khhatyl:"wir müssen leider mit dem Thhap`phhort zum Südpol des Planeten.

Dort gibt es, in einer Höhle, ein Portal zu einer anderen Welt. So reisen wir zwischen den Welten.

Die Götter haben alle bewohnten Planeten im Universum mit Raumkorridoren miteinander verbunden.

Der Ankunftskorridor liegt immer am Nordpol und der Abflugkorridor am Südpol jedes Planeten.

Nur wir, die Chholos`smhhin, haben von den
Göttern die Weisheit über diese Korridore
erhalten.

Die Vhhul`nhhet und die Chhab´bhhif wissen
nichts darüber. Das ist das höchstgehütete
Geheimnis innerhalb unserer Gilde".

Mhhuk`khhatyl betätigte den Phhort und sie
kamen am Südpol an, direkt innerhalb einer
eisigen Höhle.

Mhhuk`khhatyl:" leider haben diese
Raumkorridor-Höhlen keinen Eingang,
aus Sicherheitsgründen.

Deshalb mussten wir uns direkt hinein
transportieren. Unsere Phhorts sind auf die
Quantenfrequenz aller Korridor-Höhlen
geeicht, sonst würde das nicht funktionieren ".

Mhher`yhhem:" ich werde mich nie daran
gewöhnen, aber es hat auch seine Vorteile".

Mhhuk`khhatyl:" bevor wir aufbrechen,
werden wir essen und trinken und uns
stärken, wir haben eine lange Reise vor uns.

Du kannst dein Gesicht hier enthüllen,
in der Höhle sind wir sicher".

Während dem Mahl sagte Mhhuk`khhatyl:"
Ich möchte dir etwas über deinen Vater
Thhorr`yhhem erzählen".

Mhher`yhhem:"du hast meinen Vater gekannt,
warum hast du mir das nie erzählt".

Mhhuk`khhatyl:" du weißt nun warum,
aus demselben Grund warum ich nicht deiner
Tante und Onkel erzählen konnte, wer ich bin
und woher ich komme.

Wir dürfen der einheimischen Bevölkerung
nicht preisgeben wer wir sind und was wir tun,
das ist zu ihrer und zu unserer Sicherheit".

Mhher`yhhem:" wo hast du meinen Vater
getroffen, wart ihr Freunde ?".

Mhhuk`khhatyl:" nein, wir kannten uns nicht
persönlich, ich habe vor 12 Jahren, ohne zu
wollen, dein Gespräch mit deiner Tante
angehört, bei dem ihr über deinen Vater
gesprochen habt.

Als ich den Namen Thhorr`yhhem hörte,
konnte ich mich daran erinnern.

Er war auch ein Mitglied der Gottarm-Gilde
und ein Chholos`smhhin.

Mhher`yhhem, dein Vater hat euch, vor deiner
Geburt, nicht leichtfertig verlassen.

Er musste gehen, zu eurer Sicherheit.
Und er hatte die Pflicht, vor über 19 Jahren,
an der großen Schlacht auf einem heiligen
Planeten gegen eine Übermacht der
Chhab´bhhif zu kämpfen.

Ich war auch dort, und habe nur durch Zufall
den Namen deines Vaters gehört.
Er wurde von einigen Chhab´bhhif gefangen
und verschleppt.

Ob er gestorben ist oder noch lebt weiß ich
leider nicht. Warum man euch damals gesagt
hat, das er durch einen Unfall gestorben ist,
kannst du dir jetzt denken".

Mhher`yhhem:"irgendwie glaube ich,
mit meiner ganzen Seele, das er noch lebt,
ich denke ich spüre das, ich habe die
Hoffnung nicht aufgegeben das ich ihn
irgendwann sehen und kennenlernen werde".

Mhhuk`khhatyl:"ich habe ihn nur kurz
gesehen, aber, wenn ich dich so ansehe,
glaube ich das du deinem Vater sehr ähnlich
siehst.

Komm jetzt, wir müssen aufbrechen.
Mit dem Phhort kann ich den Raumkorridor
aktivieren.

Dieser Korridor führt zum Planeten
Thhoph`phhan in Sektor 2".

Mhher`yhhem:" du weißt sehr viel über andere
Welten, in wie vielen warst du bereits ?".

Mhhuk`khhatyl:"ich habe sie nie gezählt, aber
ich war auf sehr vielen Welten und habe dort
viel Zeit verbracht".

Mhher`yhhem:" Meister, darf ich nach deinem
Alter fragen ?".

Mhhuk`khhatyl:"ich rede nicht gerne über
mein Alter, aber dir möchte ich es sagen,
ich bin 122.

Die ältesten von uns Chholos`smhhin wurden
schon stolze 250 Jahre alt.

Ich aktiviere jetzt den Raumtunnel, du wirst
nur ein bisschen Kribbeln verspüren,
ansonsten ist es ungefährlich".

Nach kurzer Zeit sind sie auf Thhoph`phhan
angekommen, und teleportierten sich aus der
Höhle.

Aber anstatt einen ruhigen, friedlichen
Planeten anzutreffen, tobte ein Gefecht der
Chholos`smhhin mit den Chhab´bhhif.

Mhhuk`khhatyl:" Mhher`yhhem, halte dich im
Hintergrund und verdeckt, wir haben eine sehr
wichtige und heilige Mission, wir dürfen uns
hier nicht einmischen.

Wenn dir etwas geschieht war alles umsonst,
du bist die wichtigste Person im ganzen
Universum und wirst unser aller Retter sein".

Mhher`yhhem: "Meister, ich habe große Angst
und auch so große Verantwortung, ich weiß
nicht ob ich das hier alles durchstehen kann".

Mhhuk`khhatyl:"wir werden das gemeinsam
durchstehen, hab keine Angst.
Komm etwas näher, wir werden uns
unbeobachtet zum Südpol teleportieren".

Als Mhhuk`khhatyl den Phhort aktivieren wollte geschah nichts, wieder und wieder versuchte er es, aber es tat sich nichts.

Mhhuk`khhatyl:" nein, das habe ich nicht erwartet, das gab es noch nie".

Mhher`yhhem: "was ist los, Meister ?".

Mhhuk`khhatyl:"die Chhab´bhhif haben es irgendwie geschafft ein Dämpfungsfeld um den Planeten zu errichten, der Phhort funktioniert nicht.

Wir konnten noch aus der Portalhöhle rauskommen, aber auf der Planetenoberfläche kann ich den Phhort nicht mehr aktivieren".

Mhher`yhhem: "das bedeutet ja das wir auf dieser Welt ...".

Mhhuk`khhatyl führte ihre Gedanken weiter: " ja Mhher`yhhem, wir sind auf dieser Welt gefangen, falls wir keinen Weg finden in die südliche Portalhöhle reinzukommen.

Dass die Chhab´bhhif jetzt zu so etwas fähig
sind leitet ein neues Zeitalter des
Widerstandes ein.

Unsere Gilde wird es jetzt umso schwerer
haben sich durchzusetzen.

Komm Mhher`yhhem, wir müssen unbedingt
ein Transportmittel zum Südpol finden".

Mhhuk`khhatyl und Mhher`yhhem liefen los,
abseits aller Gefechte, durch Wälder und
entlang der Flüsse.

Als sie eine Weile liefen kamen sie an eine
Lichtung, auf der eine Militärbasis aufgebaut
war.

Mhhuk`khhatyl und Mhher`yhhem duckten
sich und Mhhuk`khhatyl sah durch das
Fernglas was sich dort alles tat.

Er sah eine Basis der Chholos`smhhin mit den
Abzeichen des Sektors 2.

Mhhuk`khhatyl:" keine Angst Mhher`yhhem,
das sind unsere Leute, komm".

Sie liefen auf die Basis zu, und kurz davor
stoppte sie eine Wache von 2 Soldaten,
die sich geschickt getarnt hatten.

Soldat 1:"Halt, wer seid ihr, wo wollt ihr hin ?".

Mhhuk`khhatyl:"ich bin einer von euch,
aus dem Sektor 1, bringt uns zu eurem
Commander, wir haben eine wichtige Mission,
und viel zu besprechen".

Sie liefen in die Basis, direkt zum
Kommandozelt.

"Willkommen, ich bin Commander
Chhlau`hhed, woher kommt ihr,
wer ist euer Begleiter, ganz umhüllt.

Nein, ... , ist er derjenige ...?".

Mhhuk`khhatyl:" ja, sie haben recht, aber nicht
Er sondern eine Sie.

Ich bin Mhhuk`khhatyl von Sektor 1, wie sie
am Abzeichen sehen können, und das ist
Mhher`yhhem, unsere Befreierin".

Commander Chhlau`hhed:" mein Kind, weißt
du wie viele Billionen von uns nach dir
gesucht haben, all die Jahre, auf unzähligen
Welten".

Mhher`yhhem:" inzwischen schon, Sir, und mir
ist nicht wohl dabei".

Commander Chhlau`hhed:" Kommt, in der
Nähe ist eine Hehhma`yhhet Höhle,
dort können wir uns weiter unterhalten".

Mhhuk`khhatyl:" Mhher`yhhem,
Hehhma`yhhet ist das Material, das in deine
Kleidung mit eingeflochten ist, auch deine
Schutzbrille besteht daraus".

In der Höhle angekommen.
Commander Chhlau`hhed:" wir sind hier
sicher, du kannst dein Gesicht enthüllen".

Mhher`yhhem:" bin ich froh, es ist nicht leicht
zu atmen unter dem Gewand".

Commander Chhlau`hhed:" tatsächlich,
du strahlst in den Farben von VierGott.
Ich bin sehr stolz dich zu treffen und euch
helfen zu dürfen.

Wir haben inzwischen Schutzanzüge und Schutzhelme aus Hehhma`yhhet, in denen kannst du frei atmen.

Du kannst in die obere Kabine, dich waschen und einen Anzug und Helm aussuchen die dir passt, danach essen wir gemeinsam.

Mhhuk`khhatyl, nimm die untere Kabine".

Mhhuk`khhatyl:"danke Commander".

Nachdem Mhher`yhhem und Mhhuk`khhatyl sich frisch gemacht und sich neu eingekleidet haben, bat der Commander sie, zu Tisch zu kommen.

Mhher`yhhem:" danke, Sir, ich hab einen Thharh`khh Hunger".

Commander Chhlau`hhed:" Mhhuk`khhatyl, du hast sicherlich schon gemerkt das wir unsere Phhorts nicht mehr benutzen können, sonst wärt ihr nicht zu Fuß unterwegs zum Südpol.

Ich weiß das ihr zum Tempel Phhet`thh auf
Thhef`mhhai müsst.

Wir haben einen Tarngleiter, der euch gleich
nach dem Mahl zum Südpol fliegt.

Wie wir in die Korridor-Höhle hineinkommen,
werden wir uns dort überlegen".

Gerade als sie, nach einer Weile, aus der
Höhle kamen und in Richtung Gleiter laufen
wollten, wurde die Basis von Dutzenden
Chhab´bhhif angegriffen.

Einige von ihnen stürmten in Richtung Gleiter.

Mhhuk`khhatyl:" Mhher`yhhem, Lauf zum
Gleiter, wir halten sie auf".

Als Mhher`yhhem loslief sah sie hinter sich,
wie ihr Meister und der Commander mit seiner
Garde die Monster versuchten
zurückzuschlagen.

Doch dann blieb Mhher`yhhem stehen und lief
wieder in Richtung ihres Meisters zurück.
Eine innere Wut hatte sich in ihr plötzlich
aufgebaut.

Sie stürmte in das Gefecht mit all ihren
Fähigkeiten. Mit Pfeil und Bogen sowie ihrem
Schwert tötete sie 8 der Dämonen und schlug
3 von ihnen verletzt in die Flucht.

Mhhuk`khhatyl:" gut gemacht Mhher`yhhem,
ich bin sehr stolz auf dich, aber du hättest dich
nicht in Gefahr bringen dürfen, du bist sehr
wichtig".

Mhher`yhhem:" ich bin es Leid, immer wieder
zu hören wie wichtig ich bin, ich möchte auch
meinen Beitrag leisten, Meister.
An eurer Seite fühle ich mich sehr sicher".

Als die letzten Chhab´bhhif geschlagen
wurden, sagte Mhhuk`khhatyl zum
Commander: "ich habe nur eine Person
gesehen, die derart unübertroffen kämpfen
konnte.

Das war in der Schlacht auf Chhahh`hhiim.
Der Name des Kämpfers war Thhorr`yhhem,
Mhher`yhhems Vater".

Commander Chhlau`hhed:" ich hab von ihm
ebenfalls gehört.

Damals kämpfte ich in der
3. Brigade. Sein Beiname war `unermüdlicher
Kämpfer`, was wurde aus ihm ?".

Mhhuk`khhatyl:" ich sah wie er von einigen
Chhab´bhhif verschleppt wurde, aber das er
noch lebt wäre ein Wunder".

Commander Chhlau`hhed:"das ist sehr
ungewöhnlich, das die Chhab´bhhif
Gefangene machen, dann war das eine
Ausnahme, aber warum.
Kommt wir müssen schnell zum Gleiter".

Sie stiegen alle in den Gleiter und flogen
Richtung Süden.

Am Südpol angekommen
überlegten sie wie sie in die Abflugkorridor-
Höhle hineingelangen können.

Commander Chhlau`hhed:" uns bleibt
vielleicht keine andere Wahl, wir müssen eine
Öffnung in die Höhle sprengen".

Mhhuk`khhatyl:" das würde aber womöglich
einige Chhab´bhhif anlocken, die Gefahr ist
das sie den Korridor-Eingang entdecken".

Commander Chhlau`hhed:" du hast recht,
Mhhuk`khhatyl, aber welche Möglichkeiten
haben wir noch ?".

Da sprach Mhher`yhhem:" Sir, wie ist es einen
Tunnel zu graben um von unten in die Höhle
zu gelangen".

Commander Chhlau`hhed:" die ganze Höhle
rundherum besteht aus hartem
Hehhma`yhhet.

Aber dein Einfall ist gut, wir scannen dennoch
den ganzen unteren Bereich, vielleicht gibt es
eine schwächere Stelle".

Die Soldaten der Garde fingen mit dem
Scannen an und untersuchten die Höhle von
allen Seiten.

Commander Chhlau`hhed:" Mhher`yhhem,
mein Kind, dein Vater war eine Legende.

Ich habe ihn leider nicht gekannt und auch
nicht getroffen, aber viel über ihn gehört.

Er stürmte unermüdlich immer wieder gegen
das Bollwerk der Angreifer, ganz gleich wie oft
er zurückgeworfen wurde, ganz gleich wie oft
er auf den Boden fiel, er stand immer wieder
auf und stürmte ununterbrochen".

Mhher`yhhem:" ich habe die Hoffnung nicht
aufgegeben Sir, ich glaube tief in meiner
Seele, das er noch lebt und wir uns
irgendwann kennenlernen werden".

Commander Chhlau`hhed:" ich hoffe das auch
sehr für dich Mhher`yhhem, ich hoffe das
auch sehr für dich.

Ich bin sehr müde geworden.
All die unzähligen Kriege und Schlachten,
die hoffentlich bald aufhören werden,
Dank dir.

Ich bin nicht mehr der Jüngste, mein Kind,
und komme bald auf die magische Zahl von
200 zu.

Es gibt nicht mehr viele von uns
die dieses Alter noch erreichen".

Da rief einer der Soldaten:" Sir, wir haben eine
dünnere Schicht gefunden, die wir mit dem
Bohrer durchbrechen könnten".

Commander Chhlau`hhed:" sehr gut Soldat,
fangt mit dem Graben des Tunnels an.

Sucht den schnellstmöglichen Zugang
zu dieser Stelle.

Achtet aber drauf, das ihr kein Licht
verwendet, nur die Nachtsicht-Apparate,
wir wollen die Teufel nicht anlocken".

Soldat:" ja, Sir".

Commander Chhlau`hhed:" Mhhuk`khhatyl,
Mhher`yhhem, kommt.
Das wird viele Stunden dauern.
Wir werden hier übernachten müssen.

Der Gleiter ist abgeschirmt, wir essen
und übernachten im Gleiter".

Nach der Mahlzeit haben sich alle hingelegt
zum schlafen. Nur Mhher`yhhem hatte
Schwierigkeiten einzuschlafen.

Ihr gingen so viele Dinge durch den Kopf.
Sie dachte an Tante Mhhir`yhhim
und Onkel Thhan`yhhim, und an Phhan.

Sie dachte an ihre Mutter, wie traurig
und gequält sie immer aussah.

Ihre Augen liefen voller Tränen an.

Einerseits hatte sie so große Angst.
Ihr Leben wurde komplett auf den Kopf
gestellt und sie begriff das alles immer noch
nicht so recht. Jedoch andererseits wuchs ihre
innere Wut und ihr Glauben alle Teufel aus
dem All zu vertreiben.

Ihr kam das immer noch wie ein schrecklicher
Alptraum vor, aus dem sie gerne aufwachen
würde.

Sie fühlte sich so allein und so verloren
im Universum.

Die Last, die sie mit sich trug, wog manchmal
weit schwerer als das Gewicht eines ganzen
Planeten und erdrückte sie dermaßen,
dass sie fast keine Luft bekam.

Andererseits gab es auch dieses kleine
Funken Hoffnung in ihr, das sie doch nicht
allein ist, das ihr Vater noch lebt und sie
wieder zu einer Familie werden.

Nur dieses kleine, winzige
Hoffnungsschimmer gab ihr die notwendige
Kraft und den notwendigen Mut
weiterzumachen, nicht aufzugeben und
versuchen das alles doch noch zu begreifen.

Eine Stunde vor dem Sonnenaufgang waren
die Soldaten fertig mit dem Tunnel.

Der Eingang zum Südkorridor war freigelegt.

Soldat: " Sir, wir wären dann soweit,
der Tunnel ist befestigt, der Zugang ist
passierbar".

Doch in diesem Moment machte einer der anderen Soldaten einen schwerwiegenden, gedankenlosen Fehler.

In seiner Müdigkeit und Erschöpfung zündete er eine Zigarette an.

Dieses kleine Funken machte eine Vielzahl von Chhab´bhhif Aufmerksam, die sofort in diese Richtung stürmten.

Commander Chhlau`hhed:" Mhhuk`khhatyl, Mhher`yhhem, schnell ihr müsst los.

Geht in den Tunnel und immer weiter bis zum Zugang. Wir werden sie aufhalten".

Mhhuk`khhatyl und Mhher`yhhem liefen zum Tunneleingang.

Mhhuk`khhatyl blieb kurz stehen:" danke für alles Commander Chhlau`hhed".

Commander Chhlau`hhed:" lauft, schnell".

Die Chhab´bhhif griffen an, mit großer Anzahl. Der Commander und seine Garde hatten keine Chance.

Mit letzter Kraft zündete Commander
Chhlau`hhed eine Hochleistungsgranate,
die alle Chhab´bhhif vernichtete.

Die Explosion zerstörte auch den ganzen
Tunnel.

Doch zum Glück waren Mhhuk`khhatyl und
Mhher`yhhem bereits in der Höhle.

Sie wussten das sich der Commander und
seine Soldaten für sie geopfert haben.

Mhhuk`khhatyl:" wir werden euch nicht
vergessen".

Er griff zu seinem Handgelenk und initiierte
die Abflugsequenz.

Dann liefen beide zur Plattform und wurden
ins Ereignishorizont eingesogen.

Sie erreichten den Planeten Thhef`mhhai.
Noch sichtlich erschüttert über die Ereignisse
auf Thhoph`phhan.

Mhhuk`khhatyl teleportierte sich und
Mhher`yhhem in die Nähe des Tempels.

Den kurzen Aufstieg, die Steintreppen hoch,
mussten sie selbst bewältigen.

Als sie die Anhöhe zum Tempel erreichten,
stockte Mhhuk`khhatyl der Atem.

Das gigantische Gebäude und das
Grundstück rundherum wurden dem
Erdboden gleichgemacht.

Mhhuk`khhatyl, verzweifelt, fasste sich an sein
Herz und musste sich auf eine Steinplatte
setzen.

Mhher`yhhem:" Meister, was hast du, geht es
dir gut, bitte hol tief Luft und beruhige dich,
hier trink etwas".

Mhhuk`khhatyl:" ja danke, es geht mir wieder
etwas besser".

Mhher`yhhem:" was ist hier nur geschehen,
wer hat das getan ?".

Mhhuk`khhatyl:" das waren eindeutig die
Chhab´bhhif.

Wie haben sie nur von diesem Planeten
erfahren, von diesem Tempel erfahren,
das ist unmöglich.

Wir haben den Tempel nie bewacht und auch
niemals diesen Planeten besucht, weil wir
keine Aufmerksamkeit darauf lenken wollten.

Es ist unmöglich das ein Chholos`smhhin
Verrat begehen könnte.

Wir sind darauf trainiert jeglicher Folter
und Gehirnmanipulation zu widerstehen".

Mhher`yhhem:" Es muss doch im ganzen
Weltall einen anderen Tempel geben wo ich
beten kann".

Mhhuk`khhatyl:" nein, Mhher`yhhem, gibt es
leider nicht".

Dann stand Mhhuk`khhatyl, in Panik auf,
rannte in die verbrannten Ruinen des Tempels
und suchte den Altar. Mhher`yhhem rannte
hinterher.

Mhhuk`khhatyl:" nein, nein, nein, die Tafel,
die Tafel ist weg, das Universum ist verloren,
ich habe versagt, ich habe versagt".

Zum ersten Mal sah Mhher`yhhem Tränen in
den Augen ihres Meisters.

Er kniete vor dem Altar, oder was noch davon
übrig war, hob mit beiden Händen die
verbrannte Erde auf und bat alle Götter um
Verzeihung.

Mhher`yhhem:" Meister, bitte beruhige dich,
es ist nicht deine Schuld, wir haben beide
versagt. Erzähl mir bitte von der Tafel".

Mhhuk`khhatyl:" Im Tempel war eine uralte
Schrifttafel aus einem sehr seltenen Material,
mit göttlicher Schrift versehen.
Die Chhab´bhhif haben sie mitgenommen.

Wenn du vor dieser Tafel gebetet hättest,
wäre deine Stimme um das tausendefache
verstärkt worden.

Das hätte gereicht um den
Verbannungsschleier zu durchbrechen.
Wir können nichts mehr tun.

Die Chhab´bhhif haben sich nicht einmal die
Mühe gemacht und auf uns gewartet bis wir
ankommen, um uns dann aus einem
Hinterhalt anzugreifen.

Sie wissen ganz genau das wir alles verloren
haben und machtlos sind.
Das ist ihre Art uns leiden zu lassen.

Mhher`yhhem, alles Leben ist verloren in
diesem Universum.

Ich weiß nicht was wir jetzt tun könnten,
ich kann nicht mehr klar denken".

Verzweifelt, hoffnungslos und gequält blieb
Mhhuk`khhatyl weiter kniend, in sich gekehrt,
minutenlang regungslos da, ohne ein Wort zu
sagen.

Er dachte an die Aber-Billionen von Toten die
waren, und an die Aber-Billionen von Toten
die noch sein werden.

Mhher`yhhem:" Meister, du machst mir Angst,
was ist los, wie kann ich dir helfen ?".

Dann schüttete er die Erde in seinen Händen
wieder auf den Boden.

Als er sah wie die Erde aus seinen
Handflächen auf den Boden herunter rieselte,
überkam ihn plötzlich ein Gedankenblitz

Mhhuk`khhatyl:" Mhher`yhhem, die Erde,
es ist die Erde".

Mhher`yhhem:" Melster, was ist mit der
verbrannten Erde".

Mhhuk`khhatyl:" nein, der Planet Erde.
Es ist doch noch nicht alles verloren,
meine Gedanken kehren wieder zurück.

Mir ist gerade eingefallen das es noch eine
Zwillings-Platte gab.

Sie wurde auf einen Planeten, weit weg, fast
am anderen Ende des Universums, gebracht,
auf der die größte Hoffnungslosigkeit
und Verzweiflung herrschte.

Diese Spezies litt am stärksten unter dem
Einfluss der Chhab´bhhif, sie nennen sich
Menschen".

Mhher`yhhem:" Planet Erde und die
Menschen, das sind sehr ungewöhnliche
Namen, ich würde sie gerne kennenlernen".

Mhhuk`khhatyl:" sie leben weit weg von hier,
im Sektor 4, wir müssen einen Umweg über
den Planeten Zhhar`hhiir machen.

Die Chhab´bhhif haben das Menschenvolk,
seit Millionen von Jahren, geistig sehr zum
schlechten beeinflusst.

Habgier und Sadismus, und dadurch
verursachte Kriege, Verbrechen und
Gräueltaten, waren die schrecklichsten im All,
welches eine Rasse sich selbst und seiner
Umgebung antun konnte.

Durch die Tafel wollten die Chholos`smhhin
den Einfluss der Chhab´bhhif reduzieren
und die mentale Manipulation der Menschen
irgendwann für immer ausmerzen.

Ich war schon mal dort, vor sehr langer Zeit,
Ein Kamerad erzählte mir damals von diesem
verzweifelten Planeten und von der Tafel.

Neugierig lebte ich einige Zeit unter ihnen.

Keine andere Art betete so viel und
verzweifelt, zu so vielen verschiedenen
Göttern, wie die Menschen.

Einige von ihnen jedoch beteten überhaupt
nicht mehr, weil sie an keine Götter mehr
glaubten.

Trotz allem, es waren eigenartige und
merkwürdige Kreaturen.
Den Menschen war die eigene Existenz und
tote, leblose Materie mehr wert als das Leben
selbst oder sich für andere einzusetzen.
Ich wurde nie warm mit ihnen.

Eine machtgierigere und grausamere Spezies,
die sich gegenseitig, und ihre Umwelt in
unglaublichen Maßen zerstören, ist mir
nirgends im Kosmos begegnet.

Manchmal wusste ich nicht ob das tatsächlich
der Einfluss der Chhab´bhhif war, oder ob das
reine Böse bereits durch ihre Adern floss.

Ich bekam dann eine wichtige Mission
auf einem Planeten 12 Galaxien weiter,
und musste diese Rasse verlassen.

Als ich ging standen sie kurz vor einem
großen Krieg untereinander.

Sie nannten es, den atomaren 3. Weltkrieg.

Ich weiß nicht mehr was aus ihnen geworden
ist, komm Mhher`yhhem, lass uns gehen".

Als sie aufbrachen, wieder die Steintreppen
herunterliefen, kam eine Gestalt hinter dem
zerstörten Gemäuer hervor, mit Kapuze und
Umhang verhüllt.

Mhhuk`khhatyl und Mhher`yhhem
teleportierten sich zum Südpol, dann in die
Raumkorridor-Höhle und kamen auf
Zhhar`hhiir an.

Als sie sich aus der Ankunfts-Höhle
hinausbegaben, und Mhhuk`khhatyl
sich einige Schritte von Mhher`yhhem
entfernte um sich zu orientieren,
geschah das undenkliche.

Die Gestalt hinter den Ruinen des Tempels
von Thhef`mhhai, verfolgte sie, ebenfalls
durch den Raumkorridor.

Erschien plötzlich hinter Mhher`yhhem,
betäubte und entführte sie mit einem
Teleporter.

Mhhuk`khhatyl schrie:" Mhher`yhhem,
Mhher`yhhem, nein".

Mhhuk`khhatyl war in verzweifelter großer
Sorge:" das war ein Chholos`smhhin.

Wer kann nur so etwas tun, und warum.
Unter uns ist niemand zu so etwas
schändlichem fähig.

Nicht jetzt, gerade wo das Schicksal des
Universums auf dem Spiel steht. Ich begreife
das nicht".

Mhhuk`khhatyl machte sich auf den Weg zur
nächst größeren Stadt um Hinweise zu finden
wer Mhher`yhhem verschleppt haben könnte
und warum.

In der Stadt Mhhud`dhhun angekommen
suchte er Leute von seiner Gilde.

Er lief in eine Taverne und fragte den Wirt
nach Personen, mit ähnlichem Abzeichen wie
seins.

Der Wirt wusste wer die Chholos`smhhin
waren.
Er war ein großer Bewunderer von ihnen.

Er erzählte das er in deren Schuld stehe,
weil sie mal sein Leben gerettet und die Stadt
von einer Gruppe Banditen befreit haben.

Hinter der Stadt, nördlich, sei ein Lager von
ihnen.

Dann lud er Mhhuk`khhatyl zu einem Getränk
ein.

Mhhuk`khhatyl:" hab vielen Dank, du hast mir
sehr geholfen".

Und machte sich anschließend auf den Weg
aus der Stadt in Richtung Norden.

Er kam an einem Waldrand an, lief weiter,
einigen Spuren entlang und stoppte an einer
kleinen Lichtung.

Er wusste das er beobachtet wurde.
Dann rief er:" Mhhuk`khhatyl, Sektor 1".

Plötzlich tauchten, wie aus dem Schatten,
3 Krieger der Chholos`smhhin auf.

"Ich bin Mahh`hhuun Sektor 2, das ist
Thhal´hhlep Sektor 3, und Chohh´vhhal,
auch Sektor 3.
Was führt dich hierher ?".

Mhhuk`khhatyl:" ich war unterwegs mit der
Erlöserin des Universums. Wir waren auf
Thhef`mhhai zum beten.

Doch, als wir ankamen, fanden wir den
Tempel, durch die Chhab´bhhif, vollkommen
zerstört, und die Tafel wurde gestohlen".

Mahh`hhuun:" was sagst du da, die Erlöserin,
es ist also eine Sie, und sie hat den Ruf
empfangen ?".

Mhhuk`khhatyl:" ja, hat sie, ich war dabei".

Chohh´vhhal:" wie konnten die Chhab´bhhif
von dem Tempel wissen und von der Tafel,
das ist unmöglich".

Mhhuk`khhatyl:" das dachte ich auch.
Dann fiel mir ein das es eine Zwillings-Tafel
gibt, auf einem Planeten, genannt Erde,
in Sektor 4.

Die Bewohner nennen sich Menschen.
Die Chhab´bhhif haben dieses Volk zwar nicht
angegriffen, aber geistig sehr zum schlechten
bekehrt.

Ich war vor vielen Jahren schon mal dort
und habe unter ihnen einige Zeit verweilt".

Chohh´vhhal:" ich kenne die Erde und die
Menschen nicht, aber ich habe schon mal von
ihnen gehört, auch dass sie sehr gewalttätig
untereinander sind, aber auch sehr
verzweifelt.

Es gibt und gab viele solcher Planeten wie
die Erde, die nicht angegriffen, jedoch die
Bewohner mental sehr zum schlechten
beeinflusst worden sind, so dass sie sich
gegenseitig vernichteten".

Mhhuk`khhatyl:" Das ist der Grund warum wir
hierher nach Zhhar`hhiir gekommen sind,
um von hier aus zur Erde aufzubrechen.

Doch gerade als wir ankamen hat einer von
uns Mhher`yhhem entführt, so heißt sie".

Thhal´hhlep:" woher weißt du das es einer von
uns ist, das ist undenkbar".

Mhhuk`khhatyl:" er war vermummt,
mit Kapuze und Umhang, und hatte ein
Thhap`phhort am Handgelenk.

Er betäubte Mhher`yhhem, mit einer Art
starker Lichtblitz und ohrenbetäubendem
Lärm, und hat sie dann mitgenommen.

Das kann nur ein Chholos`smhhin gewesen
sein".

Mahh`hhuun ahnte etwas, er hatte einen
Verdacht im Sinn:" das es soweit mit ihm,
gekommen ist, hätte ich niemals gedacht.

Der Lichtblitz, den du gesehen hast, ist eine
Waffe dieses Planeten.

Es verursacht eine Überbelastung aller Sinne,
mit Licht und Schall, und man gerät in
Ohnmacht".

Mhhuk`khhatyl:" von wem sprichst du".

Mahh`hhuun:" vor vielen Jahren gab es einen
Chholos`smhhin, namens Jhhah`ehhs aus
Sektor 2.

Er verlor in einem Gefecht, auf seinem
Heimatplaneten Mhhele`whhe, seine Frau
und alle seine 4 Kinder.

Danach sprang er von einem Planet zum
anderen und schlachtete so viele Chhab´bhhif
ab wie er nur kriegen konnte.

Er wurde immer mehr zum Einzelgänger und
folgte keinen Befehlen mehr, er sprach immer
davon von der Gilde auszutreten.

Immer verrückter wurde er, und war wie von
Sinnen und Hasserfüllt.

Er gab die Schuld den Göttern, sie seien nicht
stark genug gewesen.

Dann hörte man nichts mehr von ihm,
das ist jetzt 5 Jahre her".

Mhhuk`khhatyl:" fast jeder von uns hat
Familienmitglieder verloren.

Wir haben gelernt mit so etwas umzugehen,
in unserer Ausbildung. Bist du dir sicher das
er es ist ?".

Mahh`hhuun:" ich bin mir sicher, ich kenne
sonst niemanden der so eine schändliche Tat
wie die Entführung der Befreierin durchführen
würde.

Ich glaube jetzt auch das er den Chhab´bhhif
den Ort des Tempels verraten hat,
aber warum.

Wie kann er den widerwärtigsten und
abscheulichsten Kreaturen im Universum,
die nach alles Leben trachten, und seine
ganze Familie getilgt haben, unseren
heiligsten Ort preisgeben und mit ihnen
gemeinsame Sache machen.

Was ist nur mit ihm geschehen, ist er etwa
übergelaufen.

Wir sind alle in Gefahr".

Mhhuk`khhatyl:" hast du eine Vermutung wo
er sein könnte, wohin er Mhher`yhhem
gebracht haben könnte ?".

Mahh`hhuun:" ich weiß es nicht, aber ich
könnte mir denken, das er dort alles beenden
möchte wo das Leid für ihn begonnen hat,
an seinem Heimatort.

Kommt, lasst uns schnell gehen, nach
Mhhele`whhe".

Inzwischen kam Mhher`yhhem langsam zu
sich.

Sie war an den Händen und am Körper
gefesselt an einen Stuhl, innerhalb eines
Gebäudes mit einer Kuppel.

Ihr Helm war abgenommen und sie bekam
Angst das die Chhab´bhhif sie entdecken
und herkommen könnten.

Mhher`yhhem schrie:" Hallo, hört mich
jemand, ist denn niemand hier, Hallo".

Dann öffnete sich die Tür und der Entführer
mit der Kapuze kam herein und sagte:"
du brauchst nicht zu schreien, hier hört dich
sowieso niemand.

Die ganze Gegend hier ist schon vor Jahren
verlassen worden".

Er nahm seine Maske und seine Kapuze ab
und sagte:" ich bin Jhhah`ehhs ".

Mhher`yhhem:" sie sind ein Chholos`smhhin,
sie haben ein Phhort am Handgelenk,
dann wissen sie auch wer ich bin.

Wir sind in Gefahr, bitte setzen sie meine
Maske wieder auf".

Jhhah`ehhs:" ja, ich bin ein Chholos`smhhin,
Mhher`yhhem, aber keine Angst, die Kuppel
und das Gebäude sind mit Hehhma`yhhet
abgeschirmt.

Das war früher ein Gotteshaus.
Viele haben hier gebetet, ich auch,
aber alles war umsonst".

Mhher`yhhem:" woher kennen sie meinen
Namen ?".

Jhhah`ehhs:" ich habe euer Gespräch auf
Thhef`mhhai mit angehört und bin euch
gefolgt".

Mhher`yhhem:" sie wissen was auf dem Spiel
steht, warum tun sie denn das.

Was wollen sie von mir ?".

Jhhah`ehhs:" weißt du, ich hatte früher ein
Leben, eine Familie, eine Seele und viele
Ideale und Überzeugungen.

Aber das alles wurde mir weggezerrt und
weggerissen.

Jetzt bin ich nur noch eine leere Hülle".

Mhher`yhhem:" mein Meister konnte das nicht
glauben, aber ich denke sie haben den Ort
des Tempels verraten".

Jhhah`ehhs:" kluges Kind, ja das habe ich".

Mhher`yhhem:" warum haben sie das getan,
sie haben alle in Gefahr gebracht.

Sie stürzen das ganze Weltall ins Verderben".

Jhhah`ehhs:" ich stürze gar nichts ins
Verderben, ich werde das Universum retten.

Eine Stimme aus dem All hat zu mir
gesprochen, es waren die Vhhul`nhhet.

Sie sagten mir, wenn sie den Ort des Gebetes
erfahren, werden sie mir meine 4 Kinder,
meine geliebte Ehefrau, wieder
zurückbringen.

Und alle Chhab´bhhif werden von ihnen
vernichtet.

Siehst du, ich bekomme meine Familie wieder
zurück, und ins All kehrt wieder Frieden ein".

Mhher`yhhem:" sind sie davon wirklich
überzeugt ?.

Die Vhhul`nhhet haben schon einmal
betrogen, warum nicht diesmal auch ?".

Jhhah`ehhs:" sie sagten, sie hätten
niemanden betrogen und das sie die wahren
Götter seien, und das mit dem Gebet im
Tempel, durch die Tafel, sie ihrer Macht
beraubt würden".

Mhher`yhhem:" , sie sind ja verrückt,
das glauben sie ja selbst nicht.

Was ist mit den Chhab´bhhif, die sie entsandt
haben um das All ins Chaos zu stürzen ?".

Jhhah`ehhs:" sie sagten, die Chhab´bhhif
wären eine eigene Rasse im Universum und
das sie mit ihrer Entsendung nichts zu tun
hätten.

Das wäre eine andere Macht gewesen, die sie
immer wieder versuchten zu bekämpfen.

Aber mit den 2 Tafeln hätten sie nun eine
Chance, sie für immer zu besiegen.

Und sie sagten auch, es gäbe keine Götter
die verbannt wurden, sie seien die einzigen
Götter.

All die Jahre habe ich für die falsche Sache
gekämpft, alles umsonst und sinnlos".

Mhher`yhhem:" bitte, kommen sie zu sich.
Erinnern sie sich, was sie ihrer Gilde
geschworen haben".

Jhhah`ehhs:" meine Gilde.
Meine Gilde hat mir alles genommen was ich
besaß. Ich bin von keiner Gilde mehr.

So jetzt ist genug geredet. Ich habe auch
gehört das die zweite Tafel auf der Erde ist.

Ihr seid also Ketzer, die die Götter vernichten
wollen, das werde ich nicht zulassen.

Wir werden jetzt eine Reise zur Erde machen,
und die zweite Tafel und dich den Göttern
übergeben.

Du musst leider wieder einschlafen".

Mhher`yhhem:" nein, tun sie das bitte nicht,
sie spielen ihnen in die Hände, verstehen sie
den nicht was die vorhaben.

Sie manipulieren sie, sie werden in die Irre
geführt.

Ich werde meine Augen verschließen,
sie können mich nicht mehr betäuben".

Jhhah`ehhs:" ach ja, tatsächlich".

Er Lief ins Hinterzimmer um etwas zu holen.

Unbemerkt ritzte Mhher`yhhem mit der
Metallkappe ihres Stiefels das Wort Erde auf
den Holzboden.

Jhhah`ehhs kam wieder zurück, nahm eine
kleine Gasflasche mit Maske, setzte sie
Mhher`yhhem auf Nase und Mund, und sie
schlief wieder ein.

Dann setzte er die Maske von Mhher`yhhem
wieder auf und betätigte den Phhort.

Inzwischen kamen Mhhuk`khhatyl und seine
Kameraden am Heimatort von Jhhah`ehhs an,
und durchsuchten sein verlassenes Haus.

Mahh`hhuun:" hier ist niemand.

Es gibt nur ein Gebäude das abgeschirmt ist,
das Gotteshaus, lasst uns dort nachsehen".

Sie teleportieren sich direkt vor den Eingang.

Mahh`hhuun:" geht ihr schon mal rein,
ich werde den Friedhof durchsuchen hinter
dem Gebäude".

Die anderen liefen hinein und begangen nach
Hinweisen zu suchen.

Mhhuk`khhatyl:" sie waren hier, wir sind zu
spät, ich weiß auch wohin sie gegangen sind.

Jhhah`ehhs muss wohl von der 2. Tafel
erfahren haben".

Mahh`hhuun kam ohne Erfolg zu den anderen
hinein.

Mhhuk`khhatyl zeigte die eingeritzte Schrift
den anderen Drei.

Ohne Zeit zu verlieren, gingen sie wieder
zurück, nach Zhhar`hhiir und von dort auf die
Erde.

Auf der Erde angekommen, sagte
Mhhuk`khhatyl:" wir transportieren uns direkt
in eine Stadt an einem der nördlichen
Kontinente, wo ich mal war.

Dort fällt mir sicher wieder ein wo die Tafel
hingebracht wurde".

Sie kamen in Washington DC an.
Irritiert sahen sie, das die Stadt Menschenleer
und vollkommen zerstört war.

Die Luft roch verbrannt und war Aschehaltig
und Sauerstoffarm. Sie nahmen ihre
Atemmasken und setzten sie auf.

Mhhuk`khhatyl:" was ist hier nur geschehen,
wo sind all die Menschen.

Sie standen kurz vor einem großen Krieg als
ich ging, aber das niemand mehr hier ist.

Vielleicht haben sie sich versteckt,
unterirdisch oder in Höhlen".

Er scannte den ganzen Planeten auf
menschliche Lebenszeichen, aber nichts
wurde angezeigt.

Mhhuk`khhatyl:" es wird nichts angezeigt,
keine menschliche Seele, das ist doch nicht
möglich.

Aber auch die Lebenszeichen von Jhhah`ehhs
und Mhher`yhhem sehe ich nicht.

Das bedeutet das sie noch nicht angekommen
sind. Das verschafft uns etwas Vorteil".

Dann wehte ihm ein Zeitungsartikel vor die
Füße.

Mahh`hhuun:" Mhhuk`khhatyl, kannst du das
lesen ?".

Mhhuk`khhatyl:" ja, einige Begriffe sind mir
noch bekannt".

Er hob die Zeitung auf und las:"
Nein, das ist nicht wahr".

Chohh´vhhal:" was ist, was steht da ?".

Mhhuk`khhatyl:" da steht,
`Gott steh uns bei, wenn der 4. Weltkrieg
ausbricht`, das Datum ist von 2075.

Die Menschheit hat sich tatsächlich selbst
ausgelöscht.

Nachdem ich vor 70 Jahren den Planeten
verlassen hatte, brach womöglich der
3. Weltkrieg aus, das war, nach ihrer
Zeitrechnung, 2052.

Dann begann doch noch später auch der
4. Weltkrieg. Was für eine Tragödie.
Noch eine Spezies, die vernichtet wurde".

Mahh`hhuun:" Mhhuk`khhatyl, was machen
wir jetzt, kannst du dich erinnern wo sie die
Tafel hingebracht haben könnten ?".

Mhhuk`khhatyl:" hier gab es mal ein Gebäude,
das Bibliothek hieß, wo es Landkarten und
Bücher gab, kommt mit".

Sie liefen 2 Straßen Richtung Süden,
und kamen an einem verwüsteten Gebäude
an, von dem nur noch eine Mauer stand.

Mhhuk`khhatyl:" sucht nach einer Karte oder
ähnlichen Büchern, die diese Welt aufzeigen".

Thhal´hhlep hob ein Regal auf und fand eine
Weltkarte drunter:" hier ist etwas".

Mhhuk`khhatyl:" ja, das ist gut.
Es war ein Ort mit hohen Gebirgen,
weit östlich von hier.

Ich glaube, hier, ich habs, zwischen diesen
2 Orten, die Nepal und Tibet heißen.

Das Gebirge hieß, ..., hier Ist es, Makalu.
Ungefähr auf halber Höhe wurde ein
versteckter Tempel, direkt ins Fels
eingebrannt, und von außen getarnt.

Ich war nur einmal dort, und habe es von
außen kurz betrachtet".

Plötzlich haben Sie das Herunterfallen eines
Buches gehört.

Und als sie alle in diese Richtung blickten,
sahen sie Jhhah`ehhs, der seinen Phhort
bediente und verschwand.

Mahh`hhuun:" Mhhuk`khhatyl, wie kann das
sein, du hast doch gesagt es gäbe keine
Lebenszeichen".

Mhhuk`khhatyl:" Jhhah`ehhs muss es
irgendwie geschafft haben seine Signatur
und die von Mhher`yhhem zu maskieren.

Jetzt hat er auch erfahren wo der Tempel ist,
schnell wir müssen uns beeilen".

Sie teleportierten sich zum Gebirge
und kamen am Fuße des Tempels an.

Direkt in den Tempel konnte man mit den
Phhorts nicht eintreten.

In der unmittelbaren Umgebung und innerhalb
des Tempels funktionierten die Phhorts nicht.

Doch als sie ankamen, überraschte sie eine
Schnee-Lawine.

Mhhuk`khhatyl:" schnell, dort ist ein
Fels-Überhang, lauft dorthin".

Sie rannten und erreichten den Überhang.

Doch Thhal´hhlep verlor das Gleichgewicht
und wurde mitgerissen.

Mahh`hhuun schrie:" Thhal´hhlep, nein".

Mahh`hhuun wollte ihm hinterher, doch
Mhhuk`khhatyl hielt ihn auf.

Mhhuk`khhatyl:" Mahh`hhuun, wir haben keine
Zeit mehr, wir müssen unbedingt Jhhah`ehhs
aufhalten, wir werden Thhal´hhlep später
suchen.

Jhhah`ehhs, dieser Mistkerl, hat die Lawine
verursacht.

So, es ist vorbei, kommt schnell,
wir müssen hoch".

Jhhah`ehhs hatte die Tafel inzwischen an sich
genommen, und mit der bewusstlosen
Mhher`yhhem auf seiner Schulter kam er
außerhalb, auf dem Dach des Tempels an.

Er setzte Mhher`yhhem auf den Boden und
stützte sie an der Wand ab.

Gerade als er den Helm von Mhher`yhhem
abnehmen wollte schrie Mhhuk`khhatyl:"
Jhhah`ehhs, nein, nicht.

Das wird dir deine Familie nicht
zurückbringen.

Du wirst dadurch Aber-Milliarden von Familien
zerstören, du wirst die Zukunft zerstören".

Jhhah`ehhs:" nein, ich werde Aber-Milliarden
von Familien retten und auch die Zukunft.

Die Vhhul`nhhet sind die wahren Götter,
sie haben mir die Augen geöffnet.

Ihr seid die Blinden. Seht euch doch um,
was Millionen von Jahren geschehen ist,
was haben wir erreicht, gar nichts.

Die Vhhul`nhhet werden uns von allem Bösen
befreien und uns unsere Kinder wieder
zurückbringen":

Mhhuk`khhatyl:" erinnere dich, an deinen
Schwur, an deinen Codex, was wir
gemeinsam alles durchgestanden,
und alles geopfert haben.

Weißt du nicht mehr wofür wir gekämpft
haben. Hast du alles vergessen?.

Jhhah`ehhs , Thhorr`yhhem ist der Vater von
Mhher`yhhem. Erinnerst du dich an ihn.

Er hat sich selbst geopfert, für uns alle,
für eine friedliche Zukunft".

Jhhah`ehhs:" Thhorr`yhhem war ein Narr,
er ist tot, wie viele andere auch".

Dann nahm er den Helm von Mhher`yhhem
ab und warf ihn weg. Sie strahlte in göttlichem
Blau.

Er hob die Tafel in die Luft, und rief:" Hier, ich
habe getan was ihr verlangt habt, gebt mir
jetzt meine Familie zurück".

Mhhuk`khhatyl:" ihr Götter, steht uns bei".

Der Himmel verdunkelte sich allmählich.
Aber-Millionen von Chhab´bhhif umzingelten
die Erde.

Da schwebte der DomChhab´bhhif herunter,
der oberste Anführer aller Chhab´bhhif.

Vor Jhhah`ehhs sagte er:" wir werden dich
jetzt mit deiner Familie vereinigen".

Er rammte plötzlich sein Speer durch den
Körper von Jhhah`ehhs in den Felsen hinein.

Dann nahm er die Tafel an sich, warf sie,
mit voller Wucht, gegen den Felsen und
zerstörte die göttliche Tafel.

Mit beiden Händen hob er Mhher`yhhem auf,
die langsam zu sich kam.

Mhhuk`khhatyl schrie:" nein, Jhhah`ehhs.
Mhher`yhhem, hab keine Angst, wir werden
dich retten".

Jhhah`ehhs:" vergebt mir, was hab ich nur
getan". Und starb.

Mhhuk`khhatyl und die anderen zwei feuerten
aus ihren Waffen auf den übergroßen
DomChhab´bhhif.

Doch dieser war zu stark gepanzert.
Die Waffen hatten keine Wirkung.

Der DomChhab´bhhif schwebte mit
Mhher`yhhem in den Händen gen Himmel.

Mhher`yhhem öffnete ihre Augen und starrte
den DomChhab´bhhif an.

Mitten in der Luft stoppten sie, auf einmal.

Mhhuk`khhatyl:" was geschieht da".

Mhher`yhhem schlug einen Arm vom
DomChhab´bhhif zur Seite, zog ihr Schwert
und enthauptete ihn.

Mhhuk`khhatyl:" ich glaube nicht was ich da
sehe, das ist nicht möglich".

Der Körper vom DomChhab´bhhif fiel auf die
Erde und zerschellte am Berg.

Doch Mhher`yhhem fiel nicht herunter.
Sie schwebte weiterhin an Ort und Stelle.

Auf einmal griffen, vom All aus, Aber-
Tausende von Chhab´bhhif Mhher`yhhem an.

Sie war nicht mehr zu sehen.
Nur noch ein gigantischer Kugelhaufen von
Chhab´bhhif hüllte sie ein.

Mhhuk`khhatyl:" Ihr Götter, steht uns bei".

Da begann dieser "Kugelhaufen" zu beben.
Mit einem Befreiungsschlag zerschmetterte
Mhher´yhhem alle Chhab´bhhif in Stücke.

Dann schrie sie, mit so lauter Stimme,
in Richtung Zentrum des Universums,
so das Mhhuk`khhatyl und die anderen ihre
Ohren zuhalten mussten:

" Vater VierGott, hilf uns".

In diesem Augenblick tauchte,
bei Mhhuk`khhatyl, in seinen Erinnerungen ein
Detail auf, das er bis dahin verdrängt hatte.
Er tat es als Halluzination ab.

Jetzt ergab es einen Sinn für ihn.

Als er in der Schlacht um Chhahh`hhiim,
sah wie der Vater von Mhher`yhhem,
Thhorr`yhhem, fast bewusstlos, von den
Chhab´bhhif verschleppt wurde, und dabei
sein Helm herunterfiel, war ein bläulicher
Schimmer um seinen Kopf herum.

Mhhuk`khhatyl dachte laut:" ist denn so was
möglich, ist vielleicht Mhher`yhhem eine
Nachfahrin von ..., nein das kann nicht sein".

Er hatte Furcht davor es auszusprechen.
Aber eine andere Möglichkeit und Antwort auf
all das gab es nicht.

Mhhuk`khhatyl fasste den Mut und sprach zu
den anderen zwei:" ich glaube, Mhher`yhhem
und ihr Vater Thhorr`yhhem sind Nachfahren
von VierGott.

Mhher`yhhem muß mit dem Empfang des
Prophezeiungsrufes auch ein Teil der
göttlichen Kräfte erhalten haben".

Mahh`hhuun:" wie bist du nur darauf
gekommen, das würde alles erklären".

Mhhuk`khhatyl:" damals auf Chhahh`hhiim,
als Thhorr`yhhem von den Chhab´bhhif
entführt wurde, fiel im sein Helm ab, und ich
sah blaues Licht um ihn herum.

Ich dachte damals ich fantasiere, vor lauter
Müdigkeit, aber es ist Wahr.

Mhher`yhhem war gar nicht angewiesen auf die göttlichen Tafeln, sie hatte die Stimme bereits in sich".

Mahh`hhuun:" das war also der Grund warum Thhorr`yhhem verschleppt und nicht umgebracht wurde.

Die Chhab´bhhif wussten das er von göttlichem Blut war, vielleicht wurde er gefoltert um herauszufinden ob er Nachkommen hat und wo sie sich befinden.

Sie wollten Thhorr`yhhem als Faustpfand halten".

Tatsächlich war damals VierGott so sehr von seiner Schöpfung beeindruckt, das er sich verliebte und sich eine Zeitlang unter ihnen aufhielt.

Als er erfahren hatte das er Vater werden würde, wollte er seine göttlichen Kräfte ablegen und als Sterblicher, auf dem Planeten Mhheve`byahh, mit seiner Ehefrau den Rest seines Lebens verbringen.

Doch dazu kam es nicht. Er wurde kurz darauf
mit den anderen 3 Göttern verbannt.

Seine Nachkommen waren von göttlichem
Blut, aber sterblich.

Das Gebet von Mhher`yhhem erreichte den
Planeten Mhhur`rhjhe.

Der Verbannungsschleier wurde in viele
Milliarden Stücke gerissen.

Die Götter waren befreit.

Die 4 Vhhul`nhhet schrien auf und wurden in
eine dunkle Leere hinein gesogen,
und dort für alle Ewigkeit gefangen.

Alle Chhab´bhhif lösten sich in Staub auf.

Über das ganze Universum verbreiteten sich,
einige Sekunden lang, die 4 göttlichen Farben
in hellem Licht.

Bis sich alles wieder normalisierte.
Die übrig gebliebenen Welten im All sahen
das helle Licht und sie wussten, das nun
wieder all ihre Gebete erhört werden würden.

Mhher`yhhem schwebte wieder zu
Mhhuk`khhatyl und seinen Kameraden
hinunter.

Mhher`yhhem:" ich danke euch Meister,
euch allen.

Wenn ihr Jhhah`ehhs nicht in ein Gespräch
verwickelt hättet, und ich etwas später zu mir
gekommen wäre, wäre ich jetzt auch verbannt
gewesen wie die Götter.

Jhhah`ehhs hat mich mit einem Sonderbaren
Gas betäubt.

Er dachte nicht das ich wieder zu mir kommen
würde.

Ihr habt das Universum befreit und alles
Leben gerettet".

Mhhuk`khhatyl:" nein Mhher`yhhem, du hast
uns alle befreit.

Woher wusstest du was zu tun ist".

Mhher`yhhem:" eine innere Stimme sprach zu
mir, und leitete mich.

Ich habe meinen Vater gesehen.
Er war auf einem weit entfernten Planeten der
Chhab´bhhif gefangen.

Er ist nun frei und auf dem Weg nach
Mhheve`byahh, zum Grab meiner Mutter.

Ich habe ihm von hier aus alles erzählt was
passiert ist und ihm alles erklärt.

Ich werde mich dort später mit ihm treffen".

In diesem Augenblick kam Thhal´hhlep um die
Ecke und fragte:" was ist alles geschehen,
hab ich was verpasst ?".

Überglücklich umarmten Mhhuk`khhatyl,
Mahh`hhuun und Chohh´vhhal, Thhal´hhlep.

Mahh`hhuun:" den Göttern sei Dank, wie hast
du es geschafft, mein Freund".

Thhal´hhlep:" ich konnte mich gerade noch an
einem Felsvorsprung halten.

Der ganze Schnee stürzte über mich ins Tal,
und langsam konnte ich wieder hochklettern.

Zwischen seitig muss ich wohl,
aus Erschöpfung in Ohnmacht gefallen sein.

Als ich wieder zu mir kam, bin ich zu Euch
zurückgelaufen".

Mahh`hhuun:" ich erzähle dir alles später".

Mhhuk`khhatyl:" ausgerechnet auf der Erde
hat das große Leid ein Ende.

Es macht mich traurig das für die Menschen
die Rettung zu spät gekommen ist,
Mhher`yhhem.

Sie haben sich alle selbst vernichtet".

Mhher`yhhem :" Das stimmt nicht so ganz,
Meister.

Eine Kolonie von mehr als 80 Familien hat
sich auf einem Planeten, den sie Mars
nennen, angesiedelt, ganz in der Nähe.

Sie haben jedoch Schwierigkeiten mit
Nahrung und der Umgebung.
Ich konnte sie vorhin sehen und spüren.

Ich möchte die letzten verbliebenen
Menschen im Universum auf meinen
Heimatplaneten umsiedeln, und sie retten.

Auf der Erde würden sie nicht mehr
überleben. Dafür könnte ich eure Hilfe gut
gebrauchen".

Mhhuk`khhatyl:" wir alle stehen mit unserem
Leben in deiner Schuld, Mhher`yhhem.

Du brauchst eigentlich gar nicht unsere Hilfe,
mit deinen göttlichen Fähigkeiten, das weiß
ich, aber natürlich helfen wir dir trotzdem
gerne".

Mhher`yhhem :" ihr Chholos`smhhin seid die
Helden dieses Weltalls, aber zählen habt ihr
nie gelernt.

Mhheve`byahh liegt in Sektor 4,
und die Erde in Sektor 1.

EinGott hat die Erde erschaffen".

Mhhuk`khhatyl, ganz verschämt:" ich muss wohl mein Abzeichen ändern und Millionen von Büchern müssen nun umgeschrieben werden, das wird eine Weile dauern".

FSC
www.fsc.org
MIX
Papier aus ver-
antwortungsvollen
Quellen
Paper from
responsible sources
FSC® C105338